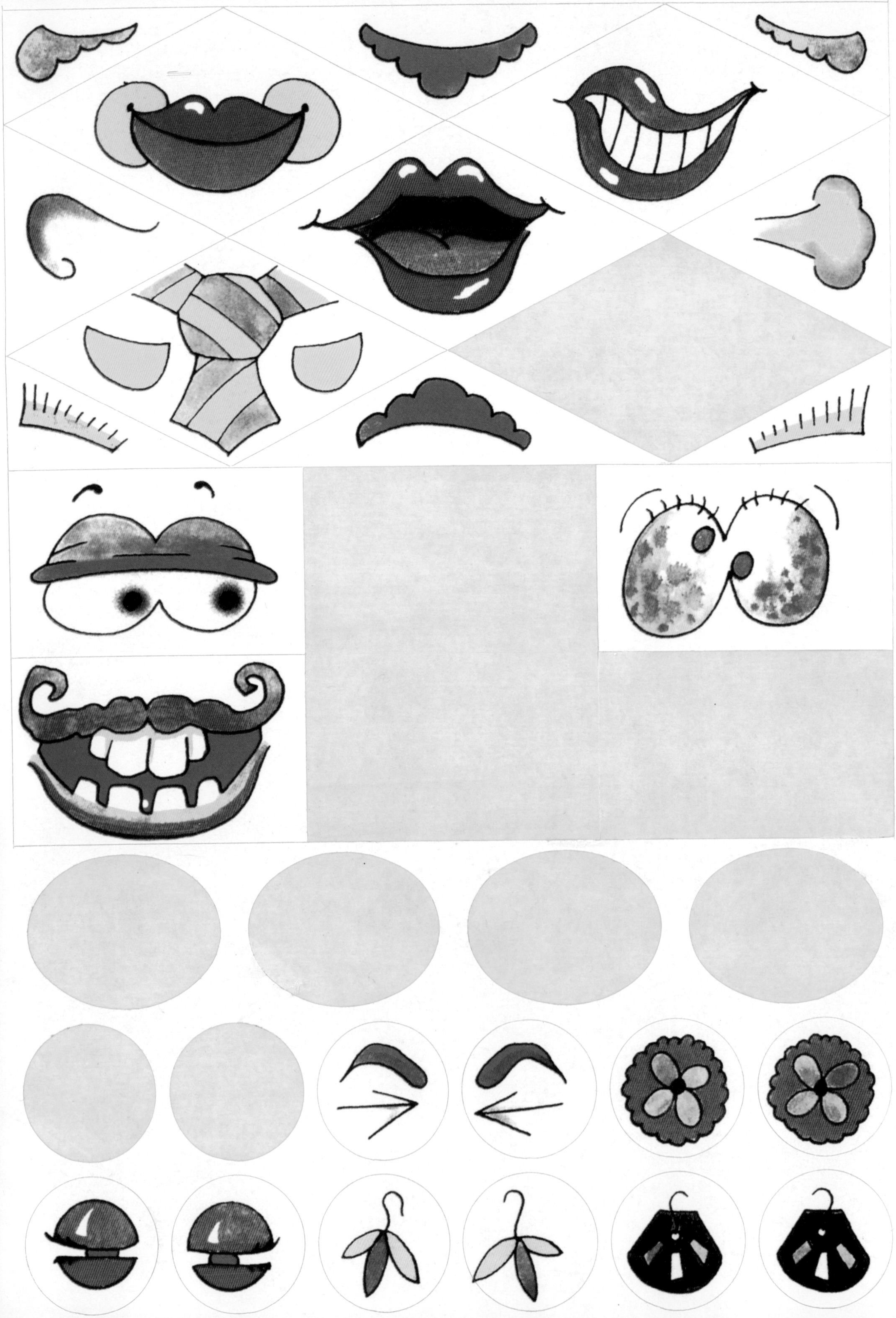

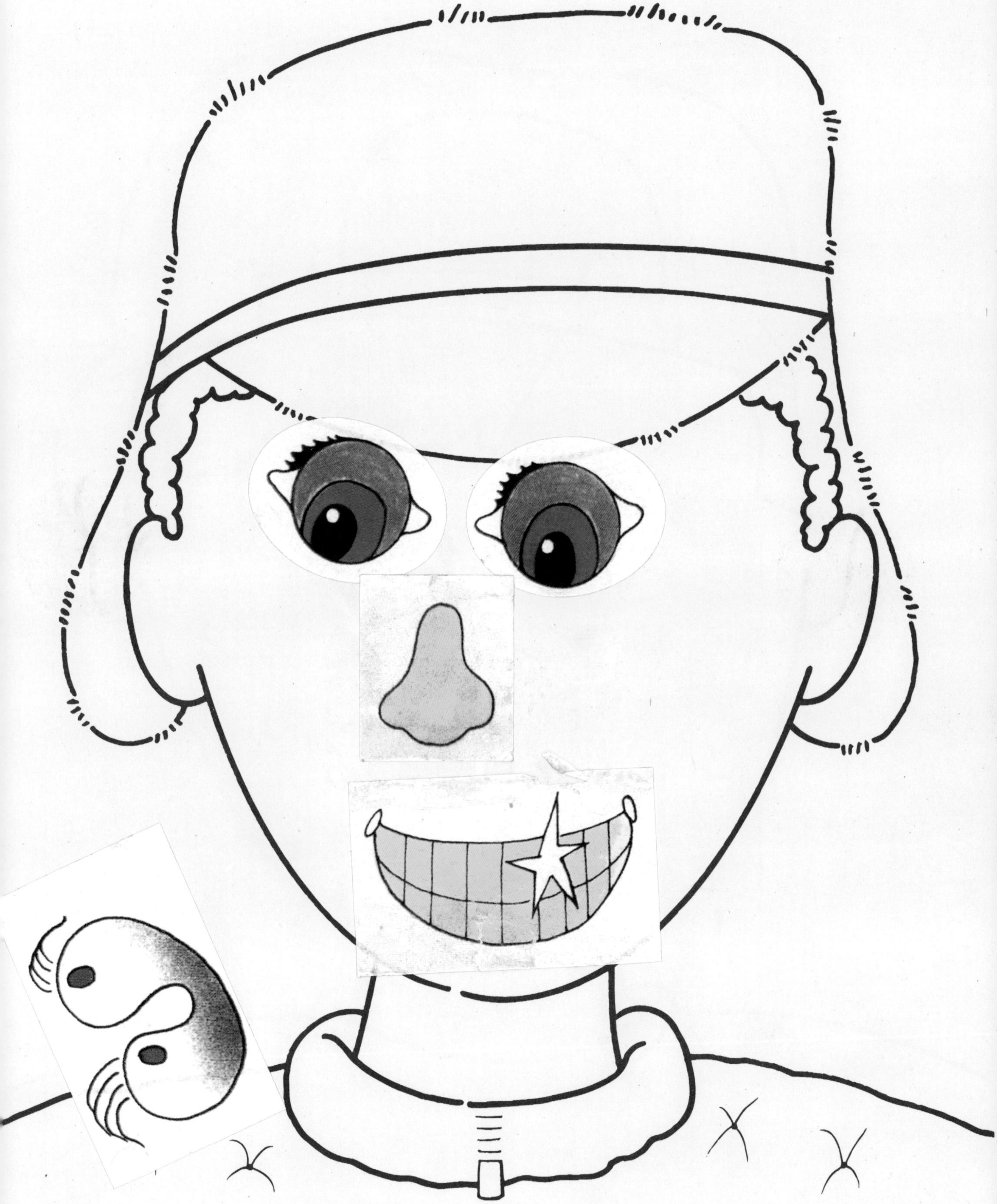

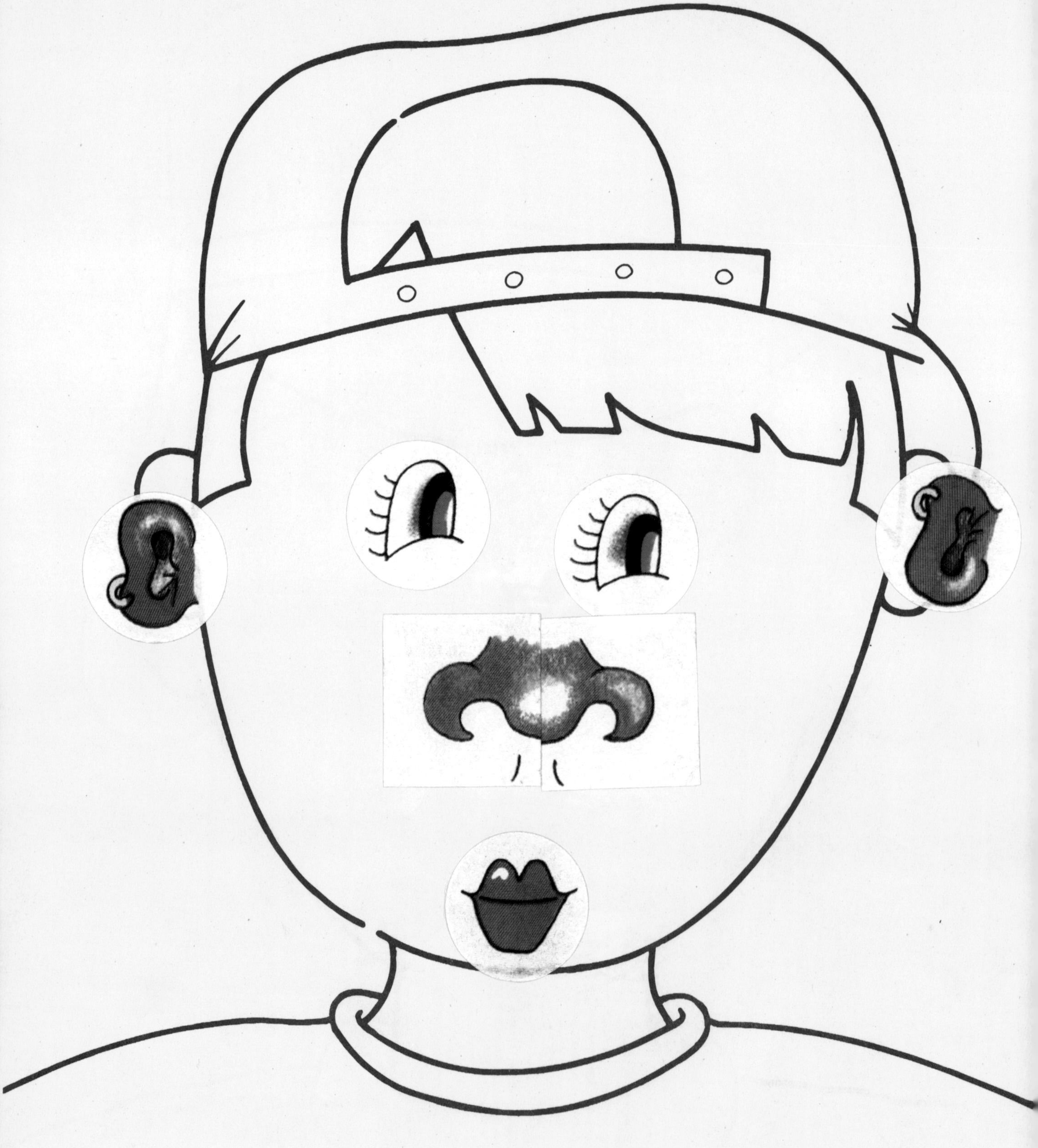

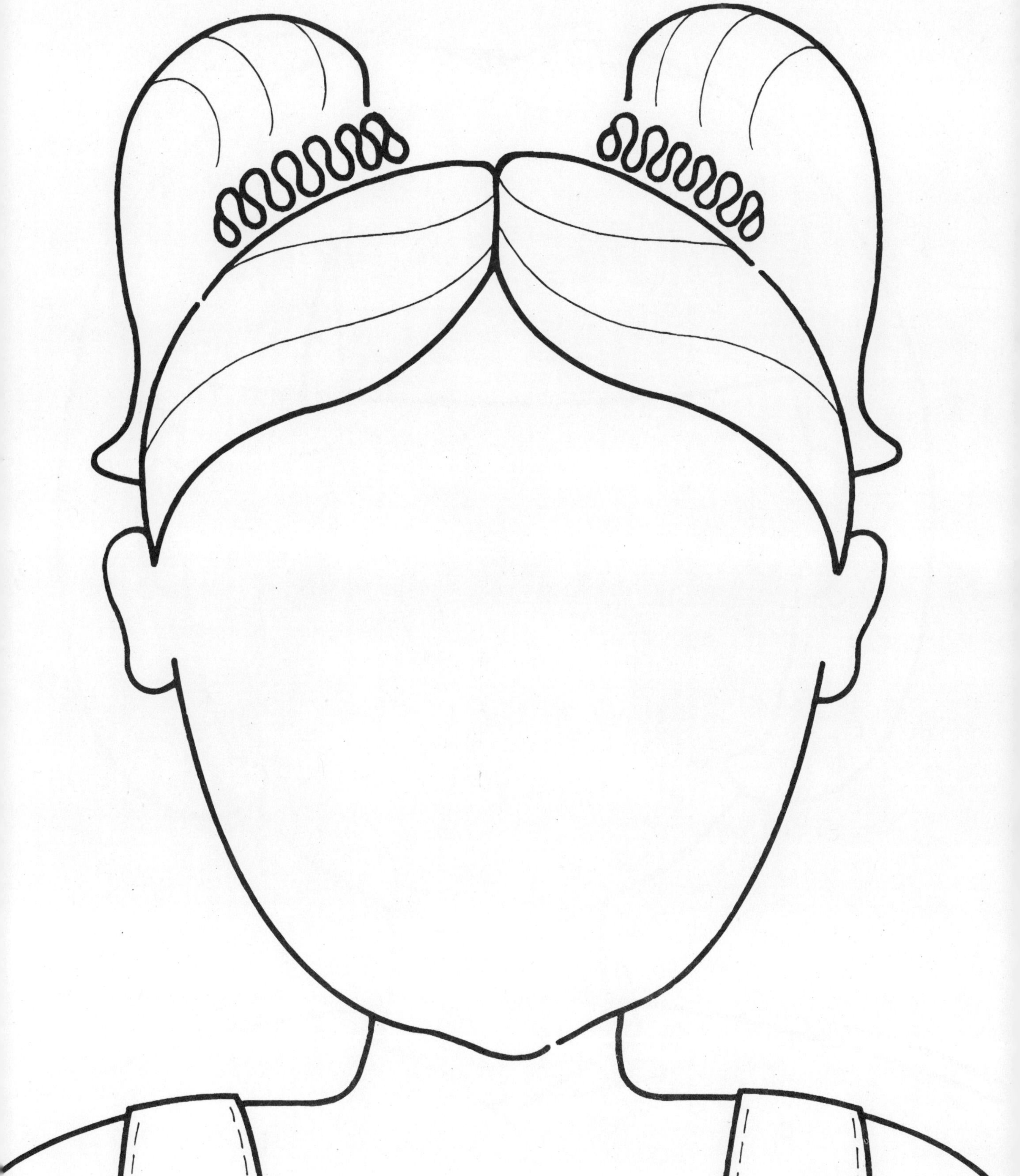

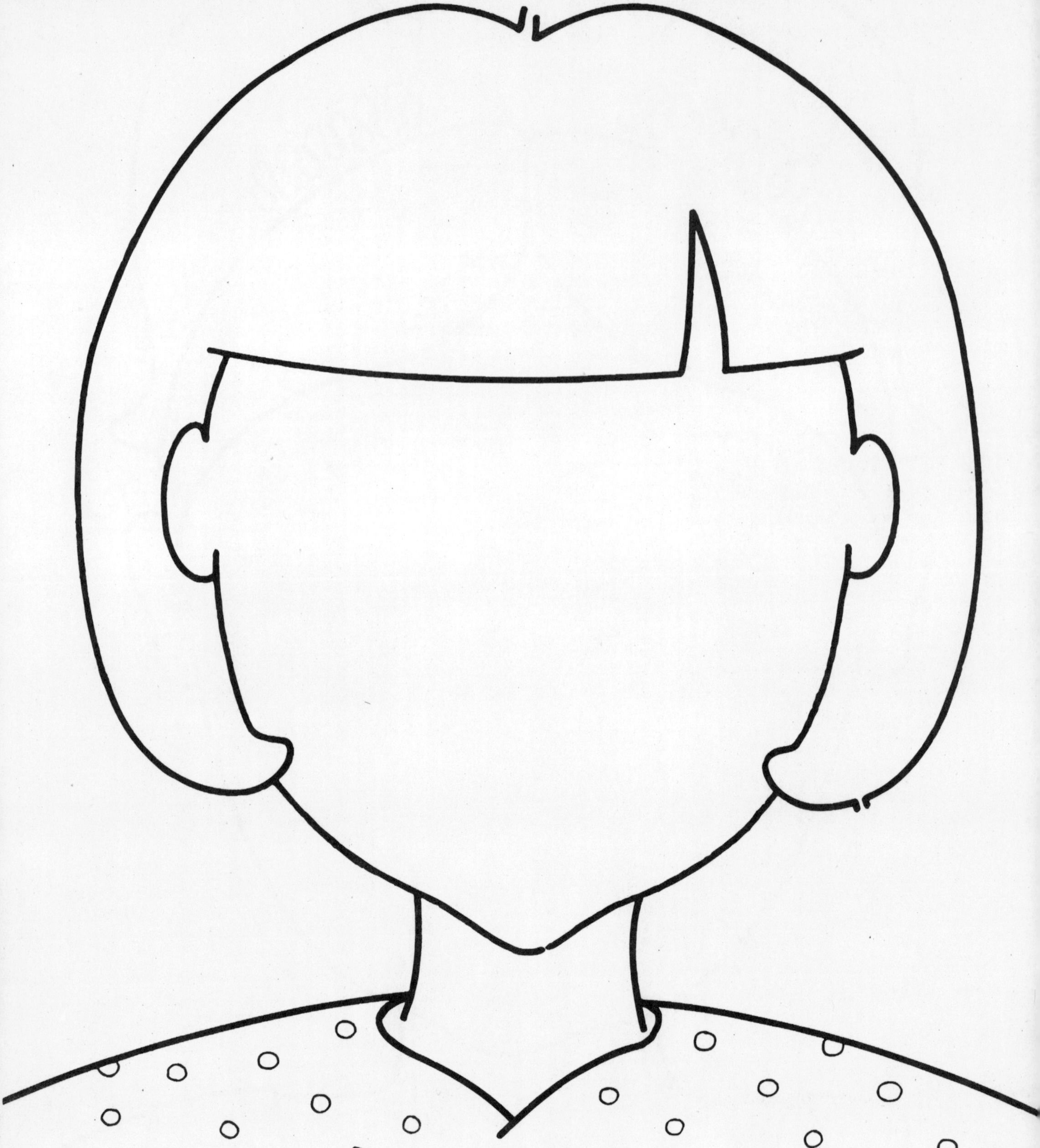

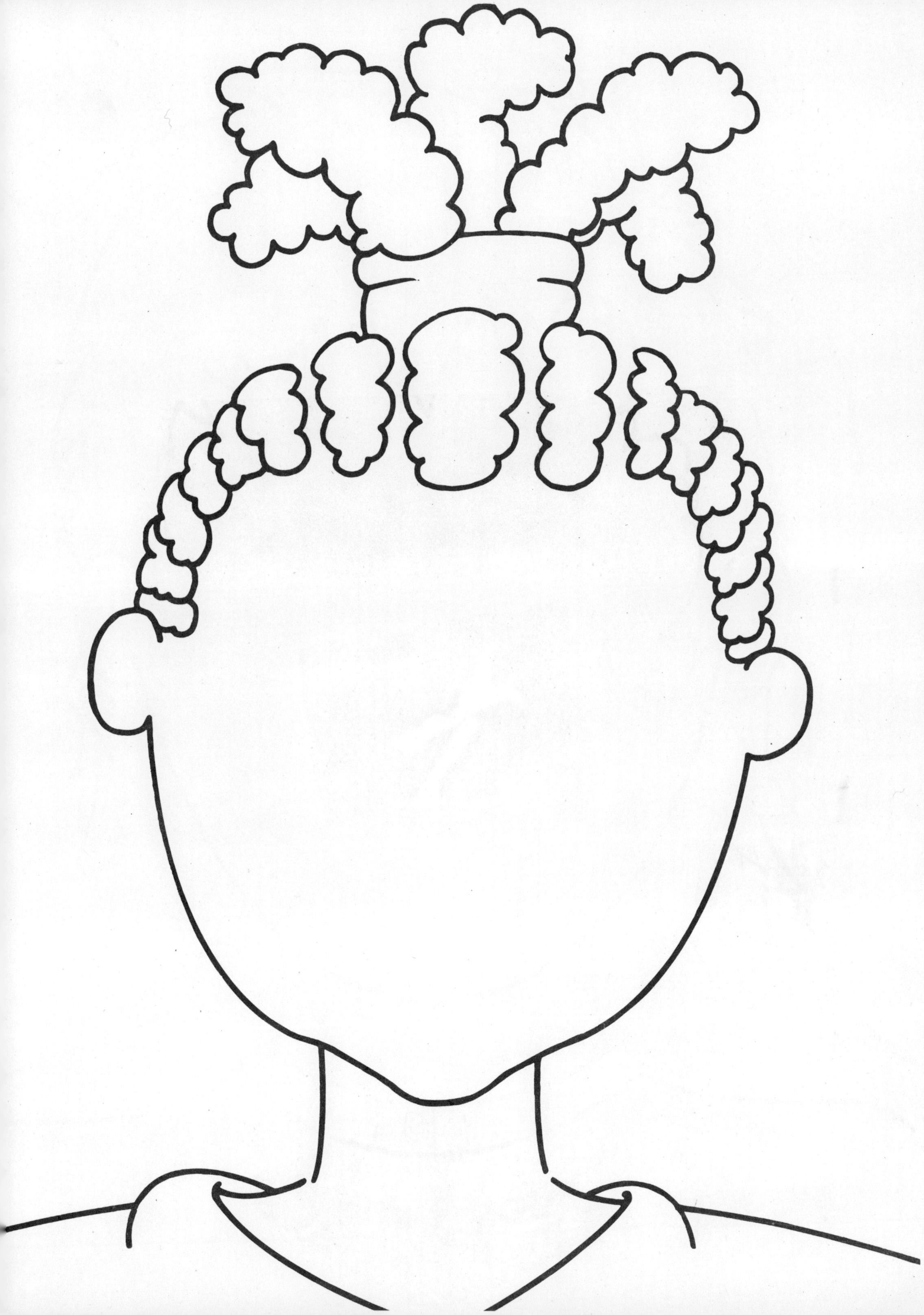

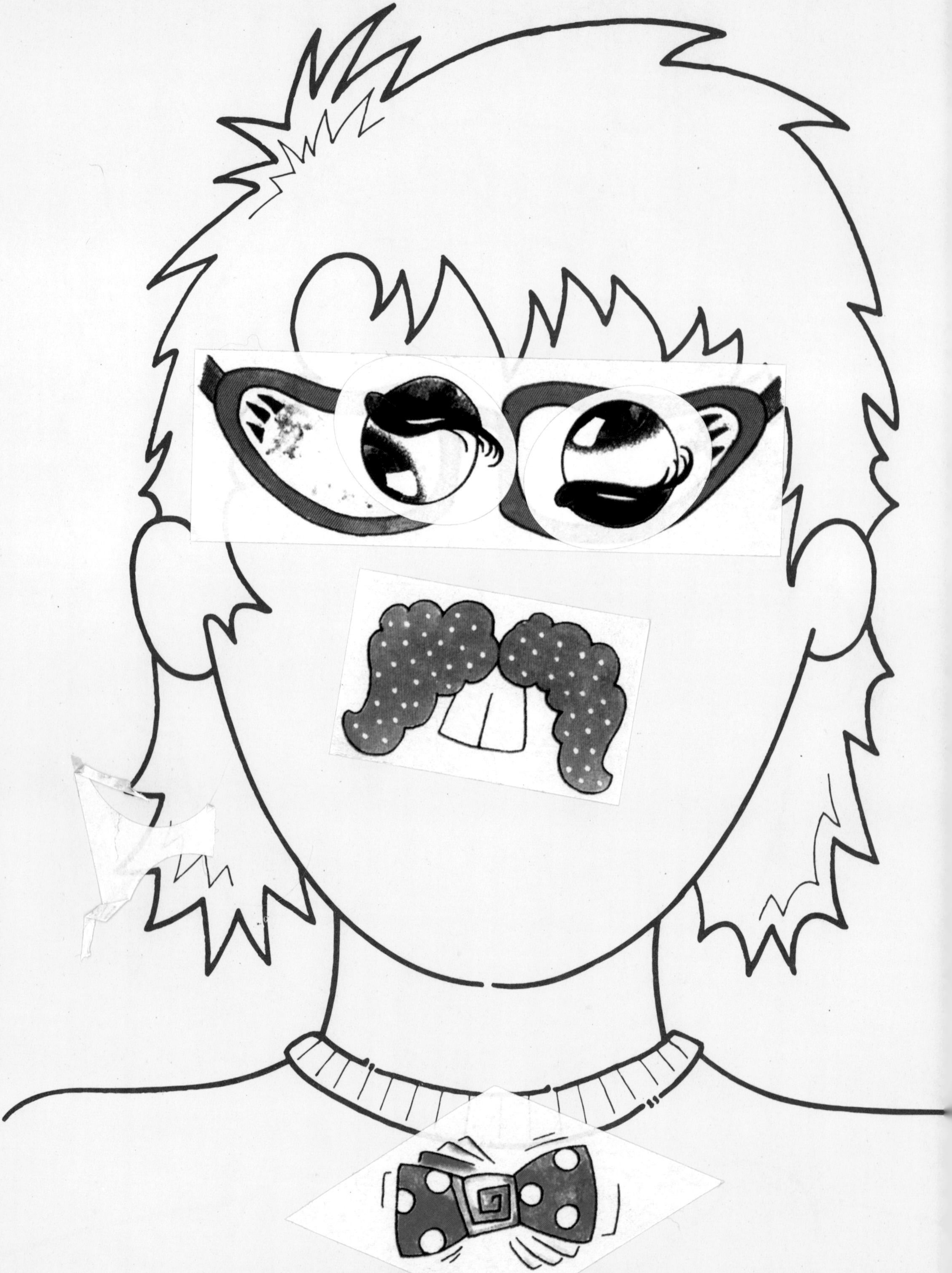

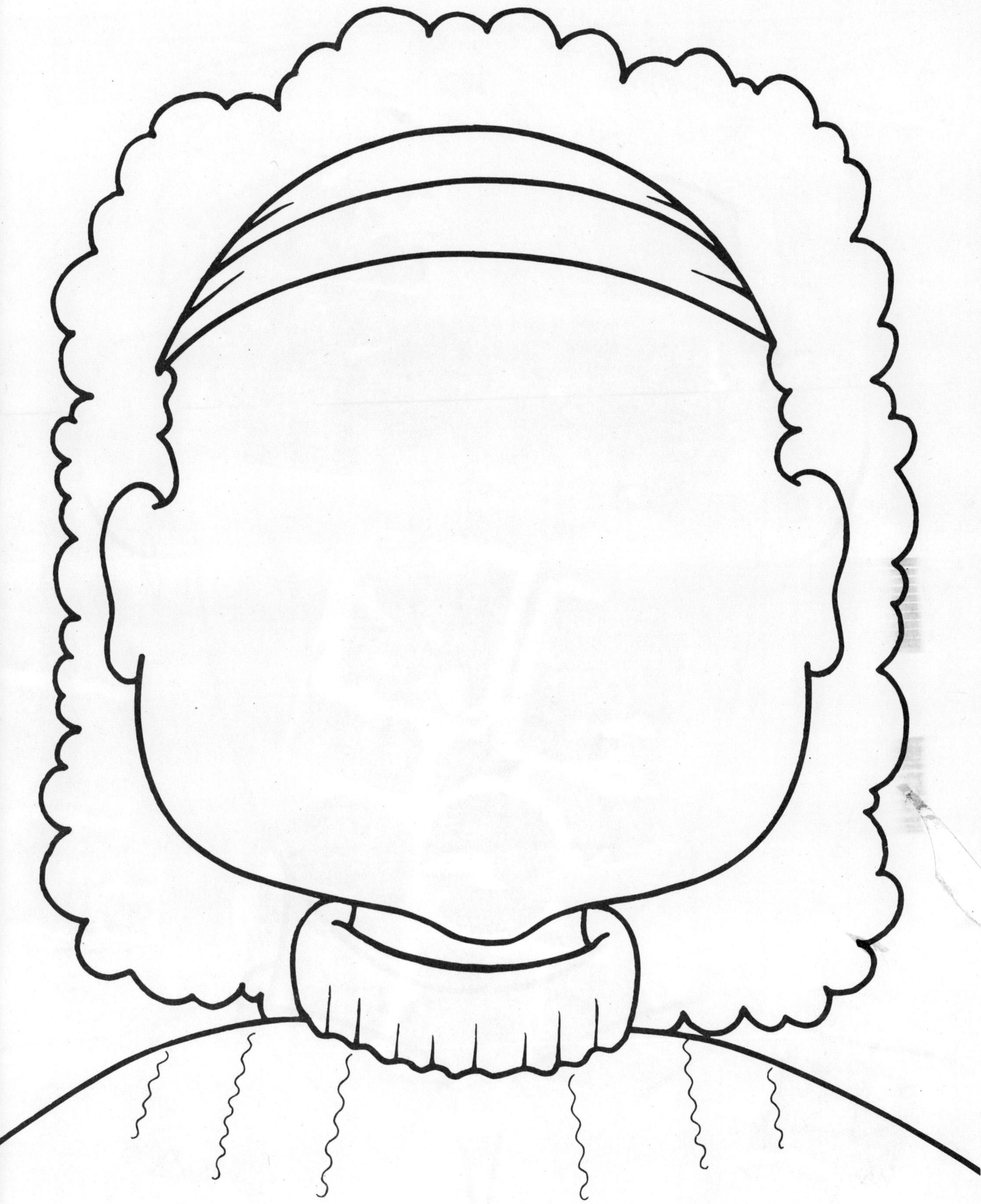

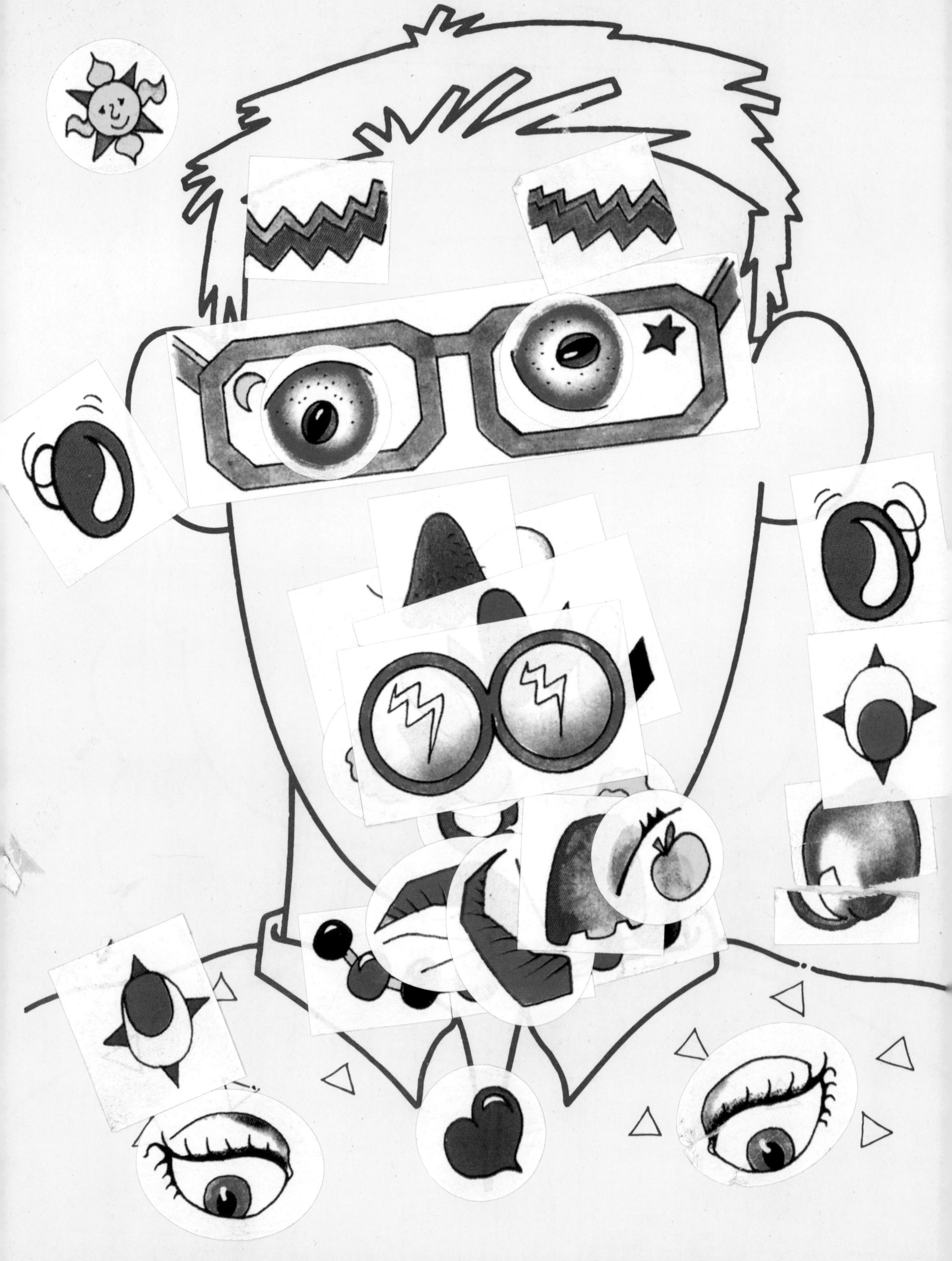